⋯茲圖書館館產

借閱者姓名	歸還日期
O. 木透	四月九日
B. 鄧斯特	五月十六日
M. 福林	六月二十二日
C. 迪哥里	七月三日
A. 強森	七月十九日
E. 麥米蘭	八月十二日
T. 布特	八月二十一日
J. 法賽特	九月十六日
K. 邦迪	十月十日
K. 貝爾	十月十九日
C. 瓦林頓	十一月十三日
J. 達米	十二月五日
T. 諾特	一月二十二日
S. 凱伯	一月三十一日
M. 布洛德	二月六日
F. 衛斯理	二月十五日
H. 格蘭傑	三月二日
H. 波特	三月十一日

警告：凡是有人將這本書撕裂、撕破、撕碎、彎到、摺到、損毀、損壞、弄污、弄髒、亂丟、亂扔，或是以其他任何方式損害到這本書，或是不好好地對待它、不好好地尊重它，均將受到本人職權之內最嚴厲的處分。

霍格華茲圖書館長厄瑪・平斯

穿越歷史的魁地奇
Quidditch through the Ages

坎尼渥錫・威斯朋
Kennilworthy Whisp

皇冠文化集團
協同

倫敦斜角巷 129 號 B 座

《穿越歷史的魁地奇》佳評如潮!!

『坎尼渥錫‧威斯朋對魁地奇做了極為翔實的考察,可說是替世人挖開了一座寶庫,為我們揭露了這項魔法師運動的許多秘辛。本書實在是引人入勝!』

　　　　　　　　　　　　──芭蒂達‧巴沙特／《魔法史》作者

『威斯朋的這本書實在教人大呼過癮;魁地奇球迷將會發現,本書兼具了教育性及娛樂性。』

　　　　　　　　　　　　　　　　──《飛天掃帚型錄》編輯

『這部作品對魁地奇的淵源歷史做了極深入詳盡的探討。值得大力推薦!』

　　　　　　　　　　──布魯特斯‧史克林／《打擊手寶典》作者

『本人極為看好威斯朋先生。如果他能繼續保持同樣的水準,相信不久之後便有資格與本人合影同照。』

　　　　　　　　　　　　──吉德羅‧洛哈《神奇的我》作者

『打個賭,這本書一定會登上暢銷金榜。來嘛,我跟你賭!』
　　　　　　　──魯多‧貝漫　英格蘭代表隊以及溫伯黃蜂隊打擊手

『我還讀過更爛的。』　　　　　　　──麗塔‧史譏『預言家日報』

關於作者

　　坎尼渥錫・威斯朋是知名的魁地奇專家（同時據他本人自稱，也是超級球迷）。他著有許多關於魁地奇的作品，包括了《維格城流浪者隊大搜祕》、《橫衝直撞滿天瘋》（『煞星』戴・路威林的傳記）以及《揮棒打搏格——魁地奇防守戰術專論》。

　　坎尼渥錫・威斯朋平日除了待在諾丁罕的寓所之外，主要行程表都『依照 Wigtown Wanderers（維格城流浪者隊）當週賽事來排，球隊到哪兒就跟到哪兒』。他的嗜好包括有雙陸棋、烹調素菜，以及收集古董飛天掃帚。

CONTENTS

CONTENTS

序

　　《穿越歷史的魁地奇》可以說是霍格華茲圖書館裏頭最搶手的幾本書之一。據我們的圖書館長，平斯夫人告訴我，幾乎每天都有人從書架上取下這本書翻閱，『亂翻亂摺、留下了口水印子，而且都不會去好好愛惜』……這對一本書來說，實在是一項極為崇高的讚美。

　　只要是平常喜歡打魁地奇，或是常看魁地奇球賽的人，相信都會對威斯朋先生的這本作品愛不釋手；而那些對於魔法史有興趣的人，想必也不會對本書感到失望。

　　這麼多年來，我們不遺餘力地發展魁地奇這項運動，而相對地，魁地奇本身也為整個魔法世界帶來了發展；魁地奇可以說是將老老少少的女巫、巫師們都凝聚了起來，帶領著我們一同享受興奮、勝利，以及（對於查德利砲彈隊的球迷來說）沮喪的時刻。

　　我得承認，我的確花了些工夫，才說服了平斯夫人出借她珍藏的書，以便將這本書加以翻印，應付廣大的需求量。當我告訴她，這本書將會流到麻瓜讀者的手中時，她震驚到說不出話來，呆若木雞了好半晌。平斯夫人不愧是

個思慮周密的人；在回過神之後，馬上便問我，我是不是神經錯亂了。而我也很高興地向她保證，我腦袋很清楚，並且進一步地向她解釋，爲何我會做出這個史無前例的決定。

麻瓜讀者們對於『Comic Relief』基金會想必都相當熟悉，因此我現在之所以將當初我對平斯夫人所做的解釋，再予以重複一次，主要是爲了讓購買本書的女巫、巫師們能夠了解情況。

『Comic Relief』基金會的使命，是以歡笑來對抗這世界上的貧窮、社會不公，以及各種天災人禍。該會是藉著散播歡樂的方式來到處募款（自一九八五年起，該基金會已募得了一億七千四百多萬英鎊，等同於三千四百萬金加隆）。

一旦各位購買了這本書──而我奉勸各位最好是要買，因爲假使各位白看太久而不掏錢的話，將會有一個『制賊咒』下到各位的身上──各位也將爲這項神奇的使命做出貢獻。

如果我告訴各位讀者，上述這番解釋讓平斯夫人感到很滿意，就此心甘情願地將圖書館的書交到麻瓜手中，那麼我就是在欺騙各位了。她提出了好幾個變通的方案，包

括了叫我告訴『Comic Relief』基金會，圖書館已失火燒毀，或者乾脆假裝我暴斃了，根本沒來得及交代這件事。一直到最後，我告訴她，基本上我還是屬意原來的方案，她才很不情願地將書交出——雖然說到了要放手的那一刻，她的神經仍舊不由自主地緊繃起來，而我不得不把她的手指一根根地從書背上扳開。

雖然說，我已經將圖書館藏書的例行防護咒語，盡可能地從這本書上去掉了，我仍舊無法擔保，所有的咒都已經給清除乾淨。

據我們了解，平斯夫人常喜歡對她特別重視的一些書籍，另外下特殊的咒語。去年，我自己不經意地在一本《跨物質變形理論》上頭稍微塗鴉了一下，那本書馬上就跳了起來，兇猛地咬我的頭。

請千萬要小心地對待這本書，不要將書撕破；不要在泡澡時，讀一讀掉進了浴缸。我無法保證，平斯夫人不會找到各位，朝各位猛撲過去，要求巨額的罰款。

最後，我要感謝各位對於『Comic Relief』基金會的支持，並且請求麻瓜們，千萬不要在家裡頭玩魁地奇；這當然只是項虛構出來的運動，其實根本就沒有人在玩的。

同時也希望藉此機會預祝泥水池聯隊，下一季比賽能再創
佳績。

Albus Dumbledore

阿不思‧鄧不利多

第一章
飛天掃帚的演變

　　在巫術世界裏，至今仍找不出任何一個咒語，能讓巫師自由自在地單靠肉體在天上飛翔。是有一些化獸師有辦法變形成長翅膀的動物，從而享受飛行的樂趣，但那畢竟只是少數。就算是眞有哪個女巫、巫師將自己變成了蝙蝠，展翅高飛，一旦換上了蝙蝠的大腦，他們也肯定是一起飛便忘了自己的目的地。飄浮術倒是個很簡單的法術，不過老祖宗們仍舊不滿意；光是離地懸空個五呎，這樣是不夠的。他們想要更進一步。他們想要像鳥兒一樣地飛翔，但又不願意長出麻煩的羽毛來。

　　如今，每個英國的巫師家庭裏，至少都會擺上個一支飛天掃帚；我們早就習以爲常，所以很少會去探問爲什麼。它不過是支掃把罷了，爲什麼能夠打敗眾多合法的巫術交通工具，脫穎而出，成爲主流呢？爲什麼當初我們西方人不效法那些東方的同好，採用飛天魔毯呢？爲什麼當

初沒有選擇飛天木桶、飛天座椅、飛天浴缸——爲什麼要掃把呢？

　　早在『國際巫術保密協定』實施之前，女巫及巫師們便已了解掩人耳目的重要性；要是眞讓那些麻瓜鄰居們發現了自己的威力，那不消說，自己一定會成爲被利用的對象。因此，若是想在家裡配置一套飛行工具的話，就非得找個不起眼、又很好藏的東西。以這個前提來說，掃把實在是太理想了；就算讓麻瓜給瞧見了，對方也不會起疑、問東問西的，何況它攜帶方便，價格又低廉。儘管如此，當初第一批施法用來飛行的掃帚，仍舊有著諸多的弊病。

　　據史書上記載，早在西元九六二年時，歐洲的女巫、巫師們就已經開始使用飛天掃帚了。當時從德國流傳下了一幅彩繪手稿，上頭刊載著三位魔法師騎完掃帚的情形，每一個下到地面來時，都一臉疼痛難耐的樣子。在一一○七年時，一位名叫葛瑟利‧拉奇林的蘇格蘭巫師，寫下了一段記載，當中提到了他騎著掃把，從蒙綽斯飛往阿布洛斯，這短短的一段旅程。在落地之後，他是『屁股上扎滿了木刺，痔瘡爆得老大』。

　　在倫敦的魁地奇博物館裡，至今仍存放著一支中古世紀時的掃帚；看過它之後，我們不難想像，當初拉奇林究

竟是為何感到如此難受（參照圖 A）。一條粗硬的梣木，凹凸不平，也沒刨過、也沒上過漆，拿過來就粗手粗腳地紮上一綑榛木細條。這騎起來不舒服不說，還完全不符合空氣動力學。而給它施的法，也只是很簡單的咒語：它只能照單一的速度，直直往前移；此外就只能往上、往下、停住。

那個時候的巫師家庭，家家戶戶都是自己做掃把來用，因此在速度、舒適性、以及控制難易度上，每家的掃把就都大不相同。然而，到了十二世紀時，巫師們已發展出了交易的習俗，因此要是有人掃帚做得特別好，就會把掃帚拿去跟魔藥調製得比他好的鄰居交換。人們發現，掃帚騎起來比以前舒服得多了，便不光只是把拿它來當做從甲地到乙地的交通工具，而是進一步拿來騎著玩了。

【圖 A】

第二章
古代的掃帚運動

　　掃帚不斷地研發，蛻變到能夠轉彎、變速、變換高度，而幾乎就在同一個時期，掃帚運動也跟著冒了出來。從早期巫師的一些記載及繪畫，我們得以對老祖宗所玩的遊戲多少有點概念。其中有些都已經失傳了；其餘的則一直流傳到今天，再不就是不斷演變，成了今日我們所熟知的遊戲。

　　瑞典頗負盛名的『年度飛天掃帚競賽』，起源可以一直追溯到十世紀。飛行員必須從科帕貝飛到阿葉洛，相當於三百多英里的距離。比賽路線直接穿越了龍群保護區，而那座巨大的銀質獎盃，則更是明白地雕成了瑞典短吻龍的形狀。時至今日，這項比賽已經成了國際體壇的盛事。各國的巫師都會擇日齊聚在科帕貝，為準備啓程的運動員加油打氣，接著便使用現影術轉往阿葉洛，祝賀那些沒被吃掉的參賽者。

『Günther der Gewalttätige ist der Gewinner』（暴力王更瑟力克群雄）是世人極爲熟悉的一幅畫。它標註的時間是一一○五年。這幅畫讓我們了解了古時候德國 **Stichstock**（尖撞圓）的比賽情形。在一根二十呎高的柱子上，綁了一個充了氣的龍膀胱。其中一名騎掃帚的參賽者，身負著捍衛這個膀胱的任務。膀胱守護者的腰際拴著條繩索，一直繫到柱子上。如此一來，守護者便被牽制在柱子方圓十呎之內。其餘的參賽者則輪番上陣，朝膀胱進攻，想辦法用掃帚特別磨利的尾端，將膀胱給刺破。膀胱守護者則可以用魔杖來擊退這些攻勢。比賽一直要打到膀胱給刺破爲止；若是膀胱守護者用魔法將挑戰者全部擊敗，或是守護者自己體力不支而倒下，那麼比賽也算告一段落。 Stichstock 於十四世紀時逐漸銷聲匿跡。

在愛爾蘭，**Aingingein**（火線）這項比賽則是蓬勃發展，成爲了詩人歌者們傳誦的題材（傳奇巫師『勇者芬格』據傳便曾拿過 Aingingein 的冠軍）。參賽者輪流上場領取『多姆』，也就是球（其實只不過是個山羊的膽囊而已）。地面上立起許多竿子，上頭架著點了火的大木桶。參賽者必須帶著『多姆』穿過這些火桶，並且將它自最後一個火桶當中擲過。最快將『多姆』從最後一個火桶當中

丟過去，並且身上都沒著火的參賽者，就是贏家。

蘇格蘭則是 **Creaothceann**（石雨）的發源地。這可能是所有掃帚運動中最危險的一種。十一世紀時，就曾有詩人以這項運動為題材，以蓋爾語寫了首悲傷的詩。翻譯成白話之後，詩的第一段大略如下：

> 參賽者齊聚武場，十二名英氣勃勃，熱血兒郎
> 將大釜綁至頭上，站妥當，等待飛翔
> 只待金笛一鳴，個個爭先恐後，拔地起駕
> 卻不知，當中十位好漢，注定將吐血而亡

Creaothceann 的參賽者們，頭頂上都綁了個大釜。上空百呎之處，早已有百來個施了咒的石頭及岩塊飄浮在那兒等著，只等號角或者鼓聲一響，就如雨點般打下。Creaothceann 的參賽者到處飛來衝去，盡可能地用他們頭上的大釜去接打下來的石頭。儘管 Creaothceann 的傷亡率總是高得嚇人，但許多蘇格蘭的巫師卻視它為一種試煉，藉此考驗自己的男子氣概及勇氣，因此這項運動在中古時期是極為盛行。在一七六二年時，魔法部下令禁止了這項運動。而即便到了一九六〇年代時，人稱『破頭』的麥納

斯‧麥達諾曾大力抗爭，試圖重新發展這項運動，當局仍舊拒絕解禁。

英格蘭的德文郡則是流行 **Shuntbumps**（碰碰撞）。這有點像簡單的騎馬打仗；所要做的，就是盡可能地將其他對手從掃帚上撞下來。最後一個留在掃帚上的就是勝利者。

Swivenhodge (迴轉打)則是起源於希佛郡。而且跟 Stichstock（尖撞圓）一樣，當中也運用到了充氣的膀胱，通常是用豬的。參賽者倒騎著掃帚，隔著樹籬的兩頭，用掃帚刷子的那一端，將膀胱隔空打過來打過去。要是有哪邊漏接了，敵隊就加一分。最先獲得五十分的那隊就算勝利。

Swivenhodge 至今在英格蘭仍舊留存著，只不過從來就未興盛過；Shuntbumps 則成了兒童的遊戲。然而，在『怪地奇沼澤地』，卻有人發明了一項運動，有朝一日將風靡巫術世界，歷久不衰。

第三章
自『怪地奇沼澤地』
興起的運動

　　多虧了有女巫葛蒂・凱朵的記述，我們才得以了解當初魁地奇的原始型態。葛蒂・凱朵是十一世紀時的人，住在怪地奇沼澤地的邊緣地帶。她平日有記日記的習慣，這對我們來說實在是很幸運。她的日記至今仍存放在倫敦的魁地奇博物館裏頭。原稿是以撒克遜語所寫，拼字拼得亂七八糟；以下是段翻譯成白話的摘錄：

　　星期二。熱。沼澤另一頭的那幫人又跑來了。騎著掃把，在那兒玩一種蠢遊戲，把一個皮革做的大球打進了我的包心菜圃。我對跑來撿球的那傢伙下了咒。死豬頭，我倒想看看他膝蓋前後顛倒了之後，要怎麼去騎掃把。

　　星期二。濕。跑到沼澤那兒採蓴麻。那些掃把

白痴又在那兒玩了。躲在大石頭後面，看了一會兒。他們弄了個新的球。就互相丟來丟去，然後就想把它扔進沼澤兩邊的樹蔭當中，卡進裏頭。真是沒意義的爛遊戲。

星期二。風大。葛娜跑來喝蓽麻茶，接著説要請我出去吃飯。結果我們居然跑到沼澤那兒，看那群蠢蛋玩他們的遊戲。住在山丘上的那個大塊頭蘇格蘭魔法師也在那裡。現在他們又多了兩塊笨重的大石頭，在那兒飛來飛去，想要把人從掃把上打下來。可惜在我走之前，一個都沒打下來。葛娜告訴我，她自己也常常在玩這個，讓我感到厭惡之至，悻悻然掉頭回家。

雖然説，在整個禮拜當中，葛蒂‧凱朵只曉得其中一天的星期名，她的日記仍舊是極為珍貴的；當中透露給我們的訊息，遠超出她本人所想的。首先，落在她包心菜圃裏的那個球，是皮革做的，就像當今的『快浮』一樣──他們並沒像其他掃帚運動一樣採用充氣膀胱，這是很自然的，因為那很不好丟，特別是碰上刮風的時候。第二，葛

蒂告訴我們，那些人『想把球扔進沼澤兩邊的樹蔭當中，卡進裏頭』──顯然這就是早期的射門得分。第三，她讓我們得以一窺『搏格』的前身。有一點實在是很有意思，就是當時有一名『大塊頭的蘇格蘭魔法師』在場。會不會他之前曾經玩過『Creaothceann』（石雨）？會不會是他從當初遊戲中的那些岩塊得到了靈感，想到了將大石頭施法，讓它們在球場到處危險地橫衝直撞？

在我們的資料當中，一直等到一個世紀後，才再次出現和怪地奇沼澤地這項運動有關的記載。這是由巫師贏佳·寧寫給他挪威表弟歐拉夫的信。寧住在約克郡；由這一點研判，自當初葛蒂·凱朵首次發現這項運動的一百年以來，它已經分布到了全英國。寧的這封信，目前存放在挪威魔法部的史庫裏。

親愛的歐拉夫：

最近好嗎？我一切都很好，不過甘璧妲得了『龍水痘』。

上個禮拜六晚上，我們打了場很過癮的『葵地奇』（Kwidditch），不過可憐的甘璧妲病得太重了，沒辦法當『捕手』，我們只好找鐵匠拉多夫來代替。

伊克里來的這一隊打得挺不錯，不過不是我們的對手，因為我們可是苦練了整整一個月，而我們總共是得分四十二次。拉多夫頭給 Blooder（血球）砸破了，原因是老烏佳太慢揮棍。新裝的酒桶球門很不錯。兩邊各設三個，架在柱子上，是從旅店老闆娘烏娜那裡要來的。她還請大家喝了整晚的蜜酒，慶祝我們打贏了。甘璧妲因為我太晚回家而有點不高興。我得拚命閃躲她發過來的咒，不過我的手指現在都已經長回來了。

　　我派了我最好的貓頭鷹送這封信，希望牠能達成任務。

你的表哥
贏佳

　　由這封信可以看出，經過了一個世紀，這項運動已經有了極大的演變。贏佳的妻子打的是『捕手』——可能就是指之後的『追蹤手』。而打到鐵匠拉多夫的那顆『Blooder』（指的分明就是『搏格』），照說是該由烏佳防守的；烏佳打的顯然是『打擊手』，因為他手裏拿著根棒子。球門已經不再是用樹叢充當，而轉為架在柱子上的酒

桶了。然而，比賽中仍舊少了項關鍵的要素：『金探子』。魁地奇球賽中的這第四顆球，一直要到了十三世紀中葉才被加入，而它的由來則極爲耐人尋味。

第四章
金探子的出現

　　自十一世紀初期開始，巫師、女巫之間就盛行著獵捕『探鳥』。如今，『金探鳥』（參照下頁圖Ｂ）已是保育類的生物。但在當初，北歐到處都是金探鳥，不過卻很少為麻瓜所察覺，因為牠們很會藏匿，飛行速度又快。

　　金探鳥體型小巧，動作敏捷，閃躲的技巧又高超，這反倒讓有本事抓到牠的巫師們聲名大噪。在『魁地奇博物館』裏，有一幅十二世紀的掛氈，上頭繡的，就是一群巫師圍捕金探鳥的情況。在掛氈的開頭，繡著一些獵者拿著網子，另一些則用魔杖，還有一部分則試圖赤手空拳地去抓探鳥。

　　我們從掛氈上得知，探鳥被捉到時，往往已經粉身碎骨。在掛氈的結尾，我們看見了，最後獵捕到探鳥的那名巫師獲得了一袋金子，作為獎賞。

　　獵捕探鳥，從很多方面來說，都為人所詬病。每個正

當的好巫師，都應當極力討伐這種暴行，拒絕以運動之名，來撲殺這些愛好和平的小鳥。何況，獵捕探鳥的行動，通常都是在大白天下進行，這比其他任何一種搜捕，都還容易讓麻瓜發現飛天掃帚的蹤跡。然而，當時的巫師評議會，卻無法禁止這項運動的盛行——事實上，我們接下來就將提到，評議會本身根本就不反對這種活動。

【圖B】

　　獵捕探鳥與魁地奇球賽，這兩者終於在一二六九年的一場比賽中扯上關係；當時巫師評議會的議長巴比若斯・巴格出席了這場比賽。我們之所以曉得這一點，是由於當時有人親眼目睹，並留下記載；這是由住在肯特的『謙虛』・賴娜夫人，寫給她住在阿伯丁的妹妹『謹慎』的信

（這封信同樣也存放在魁地奇博物館內）。根據賴娜夫人的說法，巴格帶了籠探鳥前往球場，並將球員聚集起來，宣佈誰要是在比賽當中抓到了這鳥，就賞他一百五十金加隆（註1）。賴娜夫人說明了接下來的經過：

　　球員們整齊劃一地升了空，根本就不去理睬快浮，只一味閃避著 Blooder（血球）。兩邊的看守手都棄籃框不顧，而加入了獵捕行動。那可憐的小探鳥，在球場當中飛上飛下的，想盡辦法要逃出去，但觀眾席上的巫師們卻用『驅逐咒』將牠逼了回去。

　　阿謹啊，妳知道我一向對獵捕探鳥的態度，妳也曉得我一發起脾氣來是什麼德行。我衝進球場，尖叫著，『巴格議長，這根本就不是運動比賽！我們是來看「快地奇」（Cuaditch）球賽的！趕快把探鳥放走，讓我們好好看場高尚的比賽！』妳知道嗎，阿謹，那死老粗的回應居然是哈哈大笑，抄起那只空鳥籠砸我。我就發火了，阿謹，我可真發火了。我

【註1】：相當於今日的一百萬金加隆。究竟巴格議長是否打算要賴帳，則無從得知。

等那隻可憐的小探鳥朝我這兒飛來，然後施了個『召喚咒』。阿謹，妳也曉得我召喚咒施得可是一流的——當然，我當時人沒騎在掃帚上，瞄準起來也比較容易就是了。那隻小鳥咻一下進了我掌心，我把牠塞進我長袍前邊的內裡，拔腿就跑。

唉，我最後還是給抓到了，不過在那之前，我已經突圍而出，把探鳥給放了。巴格議長氣瘋了，一度我還以為自己會被變成長角的蟾蜍，搞不好還更淒慘。所幸他的幕僚讓他冷靜了下來，而最後我就只以干擾比賽的罪名，給罰了十個金加隆。當然，我這一輩子都沒擁有過十個金加隆，於是老家就這樣給充公了。我很快就會過去跟妳一起住，幸好他們沒把我的鷹馬給帶走。我還告訴妳，阿謹，假如我有權投票的話，巴格議長絕對是丟了我這張票。

愛妳的姊
謙虛

　　賴娜夫人的英勇舉動雖然搶救了一隻探鳥，但她終究無法拯救牠們全部。拜巴格議長這個新點子之賜，魁地奇

從此脫胎換骨。過沒多久，所有的魁地奇比賽當中便都會放一隻金探鳥出來，兩隊各派一名球員（搜捕手），專門負責捉牠。當鳥兒被殺掉時，比賽便告一段落，而獵到探鳥的那一隊則多得一百五十分，這是爲了紀念當初巴格議長允諾的那一百五十個金加隆。觀眾們則使用賴娜夫人提到的『驅逐咒』，將探鳥困在球場當中。

然而，到了下一個世紀的中葉時，金探鳥的數目卻驟降到了可怕的程度，而這時巫師評議會的領導也已換成了艾弗利達‧克萊格，此人作風極爲開明；評議會不得不將金探鳥列爲保育動物，禁止加以撲殺，以及在魁地奇球賽中使用。保育人士們在薩莫塞成立了一個『謙虛‧賴娜探鳥保育協會』，而球迷們則想盡辦法尋找探鳥的替代品，以便讓魁地奇球賽能再打下去。

金探子的發明要歸功於住在加迪利谷的一名叫鮑曼‧萊特的巫師。當時全國的魁地奇球隊都一窩蜂地找別種鳥來代替探鳥，而萊特則不同；他是位高明的金屬咒師，決定依照探鳥的行爲及飛行模式，自己來打造一種新的球。從他身後留下的那一卷卷羊皮紙看來（如今都已落入一名私人收藏家手中），他是成功地辦到了；這些羊皮紙卷全是他從全國各地收到的訂單。金探子──這是鮑曼給他的

傑作取的名字——是一個核桃大小的球，重量跟探鳥完全一樣。它的銀色翅膀接上了可以旋轉的關節，就像探鳥的一樣。這使得它完全比照那活生生的原型，擁有閃電般的速度，以及精準度，並且能任意變換方向。然而，有一點卻跟金探鳥不同，那就是金探子特別被施了法，活動範圍不會超出球場邊界。三百年前，這場發展史自怪地奇沼澤地揭開了序幕，一直到了金探子的來到，終於劃下了句點。至此，魁地奇可說是正式誕生了。

第五章
麻瓜防治措施

在一三九八年，巫師扎恰里亞·孟普訂下了第一套完整的魁地奇球賽規範。他首先便強調了，打球時必須做好麻瓜防治的安全措施：『地點要選在遠離麻瓜人煙的荒地，並且要確定不會被看見騎著掃把在天上飛來飛去。如果你打算建造一個永久性的球場，那麼「麻瓜驅逐咒」便可以派上用場。同時，最好是挑晚上來玩。』

我們研判，孟普的忠告並沒有被確切地執行，因為在一三六二年時，巫師評議會下令禁止了在城鎮方圓五十哩內玩魁地奇。而顯然這項運動是極為蓬勃地發展，因為到了一三六八年時，評議會發現得再修改禁令，將禁止範圍擴大到方圓一百哩。在一四一九年，評議會頒布了一道為人耳熟能詳的律令；該令宣佈『只要是有一丁點被麻瓜瞧見的風險，該地就不准打魁地奇，否則我們就來看看，你人給銬到地牢的牆上之後，球能夠打得多好。』

每個到了巫師學齡的兒童都曉得，在我們所有的秘密當中，保密功夫做得最差的，就應該要屬我們騎飛天掃帚這件事了。隨便找一張麻瓜畫的女巫圖來看，沒有一張是沒畫掃把的。而不管這些圖畫得有多可笑（因為沒有一支麻瓜畫出來的掃帚是飛得上天），它們卻提醒了我們，過去幾世紀以來，我們實在都太不小心了，以至於在麻瓜的心目中，掃帚跟巫術已經有了密不可分的關聯；這實在是我們咎由自取。

　　適當的安全措施一直沒被採用，一直要到了一六九二年通過了『國際巫術保密協定』，才逼使各國的魔法部，直接為其領域之內的魔法運動負全責。而英國隨後便據此而設立了『魔法遊戲與運動部』。從此以後，若是哪支魁地奇球隊膽敢違抗魔法部訂的規章，該隊就將被勒令解散。最著名的案例，該要算是『班克里鞭炮隊』了。這支蘇格蘭球隊在魁地奇球史上極為著名，不只是因為球技特爛，同時還因為球員們喜好在比賽完後狂歡。一八一四年，當他們打完與 Appleby Arrows（蘋果地神箭隊）的一場比賽之後（參照第七章），鞭炮隊員們不只在暗夜中將他們的搏格放了出去，竟然還打算抓一隻布里底黑龍來做他們的吉祥物。魔法部的代表們在球員們飛越英凡尼斯郡

時將他們逮住，而班克里鞭炮隊也遭勒令封帚，再也無法出賽。

　　如今，魁地奇球隊們不只是打區域性的比賽，同時還要到各地的球場巡迴；這些球場都是由『魔法遊戲與運動部』所興建的，備有完善的麻瓜防護措施。正如同扎恰里亞‧孟普在六百年前的忠告，魁地奇球場還是設在無人的荒野地帶最適當。

第六章

魁地奇自十四世紀以來 的演變

╼ 球場 ╾

　　據扎恰里亞·孟普的描述，十四世紀
的球場是橢圓形的，五百呎長、一百八十
呎寬，正中央畫個小小的圓（直徑大約是
兩呎）。孟普告訴我們，裁判（或者根據
當年的說法，也叫『魁審官』）會將四個
球帶進這個中心圓區，而十四位球員則圍
在他身旁。當球一放出去（快浮則是由裁
判拋出去的；參照下面的〈快浮篇〉），
球員們便一飛沖天。在孟普的年代，球門
仍舊是以大籃子架在柱子上來充當，就如
同圖 C 所畫的。

　　在一六二○年，有個叫昆提斯·恩法

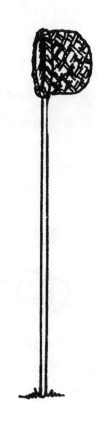

【圖 C】

威的人，寫了本《魔法師的高尚運動》，當中便附了張十七世紀球場的插圖（參照圖 D）。從這兒，我們又發現了所謂的『得分禁區』（參照下面的〈規則篇〉）。跟孟普的年代相較之下，這個時期的籃子已變得小多了，而球門柱也高了許多。

　　到了一八八三年，球門已經不再使用籃子來充當，而改為如今我們使用的籃框。當時的『預言家日報』曾報導了這項革新（參照下文）。自此之後，魁地奇球場的規格便沒有再更動過了。

《魔法師的高尚運動》的插圖

得分籃框

得分禁區　　　得分禁區

發球中心圓區

【圖 D】

把我們的籃子還來！

這是昨晚由全國各地所傳來，魁地奇球員的呼聲，起因是『魔法遊戲與運動部』顯然已做出決定，打算將魁地奇球賽使用了數百年的籃子全部焚毀。

『我們沒有要把它們焚毀，不要誇大其辭行不行，』昨晚被要求發表意見時，一位運動部的代表面露不耐地表示。『大家要曉得，各地籃子的尺寸都不一樣。我們已經發現，根本就沒辦法統一籃子的規格，讓英國全國的球門標準化。大家應該知道，這完全是公平性的問題。你看，像邦頓那兒有一支球隊，他們給客隊的柱子架上那麼小不隆咚的籃子，你連個葡萄都丟不進。而自己地主隊那一頭，卻用了跟山洞一樣大的柳條簍子，在那兒飄來晃去的。這是不可以的。我們已經定出一個籃框的尺寸，以後就一律照這樣。一切公平。』

此時，大廳內憤怒的示威民眾們紛紛抄起籃子來砸，運動部代表則被迫撤離。

雖然之後的暴動已經證實了是由妖精滋事者所引起，今晚全英國的魁地奇球迷卻肯定是為了這項運動的結束哀悼不已。

『沒籃子就完全不是那麼一回事了，』一位蘋果臉的老巫師哀傷地說道。『我記得還小的時候，比賽時我們都跑去放火燒它們，只是好玩。可你不能去燒籃框的。這樣子就沒意思了嘛。』

　　　　『預言家日報』，一八八三年二月十二日

⁺ 比賽用球 ⁺

快浮

正如同我們從葛蒂‧凱朵的日記中所得知的，最早的時候，快浮是以皮革所做的。在魁地奇的四顆球當中，快浮是唯一起初沒被施法的球，純粹只是用皮革拼補出來的，通常會在上頭加一條帶子（參照圖 E），這是因為它得靠單手來拋接。

有些早期的快浮還打了孔，讓手指插進去。但自從在一八七五年發現了『抓控咒』之後，帶子及指孔便都變成多餘的了，因為追蹤手已經不需要這些輔助，就有辦法靠單手抓住施了法的皮革。

古代的快浮　　　　　　今日的快浮

【圖 E】

如今的快浮是直徑十二吋長，表面沒有縫線。在一七一一年冬天的一場比賽之後，快浮首次給漆成了紅色；當

36

時下了場大雨，滿地泥濘，球只要一落地，就與泥巴混在一起，根本分辨不出。

另外還有一個缺失，也開始讓追蹤手們厭煩不已，那就是每次球一漏接，他們就得衝到地面上來撿球。因此，在快浮漆成紅色之後沒多久，女巫黛西‧潘妮佛就想到了將快浮施法，這麼一來，每當球一漏接，它就會緩緩地往下降，像是沉入水中一樣，這表示追蹤手們從半空中就能把球抄回去。『潘妮佛快浮』至今仍舊爲人們所使用著。

搏格

最早的搏格（也叫『Blooder』血球），如同之前所提到的，只是會飛的石頭。而到了孟普的時代，它們仍舊是用石頭來做，只不過雕成了球形而已。但這有個很嚴重的毛病：十五世紀時，打擊手的球棒都是特別施法強化過的，往往一揮棒，便把搏格打得粉碎，而後果便是，所有的球員們都讓碎石頭追著滿天飛。

可能就是爲了這個原因，到十六世紀初期時，有些魁地奇球隊便開始嘗試使用金屬製造的搏格。阿嘉莎‧徹伯，古代巫術工藝品的專家，曾辨識出了至少十二個這個時期的鉛製搏格，在愛爾蘭的泥炭濕地以及英格蘭的沼澤

地帶都有發現。『這些肯定是搏格，而非砲彈，』她寫道。

上頭依稀可見一些凹印，那是由魔法強化過的打擊棒敲出來的，另外還有很清晰的標記，證明是巫師製造的（而非麻瓜所做的）——輪廓光滑，對稱完美。最後一條線索則是，一把它們放出箱子後，每一個都在我的書房裏橫衝直撞，還想把我擊倒在地。

最後發現，拿鉛來做搏格實在嫌太軟了（搏格只要一撞凹，就再也飛不直了）。今日，所有的搏格都是採用鐵來製造。它們的直徑是十吋長。

搏格被施了法，只要是球員就追。如果任由它們自己跑的話，它們會攻擊最靠近的球員，因此打擊手的任務就是將搏格打走，離他們那一隊越遠越好。

金探子

金探子是核桃大小，就跟金探鳥一樣。它在被施法之後，會拚命逃避獵捕，能逃多久，就逃多久。有這麼一個

傳說，說是一八八四年時，在巴迪敏荒地打了場比賽，那場的金探子一逃就逃了六個月。到最後，兩隊都實在受不了他們搜捕手的爛表現，只好放棄不打了。對該地熟悉的康瓦爾郡巫師們，直到今日都堅持著，金探子仍舊在荒地那兒撒著野；是真是假，則無從證實。

✛ 球員 ✛

看守手

看守手這個位置可是從十三世紀起便有了（參照第四章），雖然說自那之後，這個角色已經有了演變。

根據扎恰里亞・孟普的記載，看守手

理當是要搶第一個抵達球籃的，因為他的職責就是要阻擋快浮射進去。看守手必須注意，不能在球場上跑得太遠，以免他一離開，籃下就會唱空城。然而，若看守手動作夠快，他仍舊有辦法攻下分數，再及時趕回他自己的籃下，阻止敵隊扳回一城。這全要視看守手自己決定。

從這段記述可以看出，很顯然，在孟普的年代，看守手還同時肩負了追蹤手的擔子。他們可以在全場任意穿梭，至敵陣攻分。

到了一六二○年，昆提斯‧恩法威寫《魔法師的高尚運動》時，看守手的職責已經加以簡化了。到這個時期，球場上已經添加了得分禁區，而看守手們最好是要留在得分禁區內，守衛得分籃，不過他們仍舊可以飛出去嚇阻敵隊的追蹤手，或是將對手逼退。

打擊手

幾個世紀以來，打擊手的責任都沒有太大的改變。而很可能自當初引進搏格開始，就已經有打擊手的存在了。他們首要的責任是，不讓他們的隊員受到搏格的攻擊，而他們是配備了球棒來執行這項任務的（本來是用棍子的；參照第三章贏佳‧寧寫的信）。打擊手從來就不是得分者，也從來沒有文件提過他們要負責快浮。

打擊手必須要有過人的體力，以擊退搏格。也因此，這個位置由巫師而非女巫擔任的機率，比其他的位置要高上許多。打擊手也得具備相當好的平衡感，因為他們有時得雙手都騰出來對付搏格，而無法去抓掃帚。

追蹤手

　　追蹤手是魁地奇中年代最久遠的位置，因爲這個球賽起初就只有射籃得分這個部分。追蹤手彼此傳著快浮，而每投進目標籃框一次，就得十分。

　　追蹤手的規定只在一八八四年改過一次，那是在以籃框取代籃子的隔年。依據新的規定，只有帶著快浮的追蹤手可以進得分禁區。如果有超過一名的追蹤手同時進區，就不准投籃。設立這個規定，是爲了防止 Stooging（包夾）（參照下面的〈犯規篇〉），這動作是指兩名追蹤手進了得分區，將看守手逼到一旁，空出籃框給第三名追蹤手。當時的『預言家日報』登出了人們對這新規定的反應。

我們的追蹤手沒有作弊！

　　這是昨晚在魔法遊戲部公告了所謂的『包夾懲處』之後，英國各地魁地奇球迷的震驚反應。

　　『近來 Stooging（包夾）的案例持續在增加，』一位顯得不堪其擾的運動部官員如

此表示。『我們最近看了太多看守手重傷的案例，而我們認為這麼做可以防止這種情況再度發生。從現在開始，只允許有一個追蹤手嘗試去打敗看守手，而不是三個追蹤手去圍毆看守手。這麼一來，整個比賽就會更清新、更公平。』

此時，憤怒的群眾們紛紛砸起快浮來，運動部代表則被迫撤離。群眾威脅要『Stooging（包夾）』魔法部長本人，而魔法執法部的巫師們則隨後趕到，驅散了群眾。一位滿臉雀斑的六歲小男孩哭著離開了大廳。

『我喜歡包夾，』他哭著對本報記者說。『我跟爸爸喜歡看看守手被壓扁，我再也不要去看魁地奇了。』

『預言家日報』，一八八四年六月二十二日

搜捕手

通常搜捕手都是體重最輕、速度最快的飛行者；他們不只要目光犀利，飛行時還要有本事單手、或根本不用手握掃帚。

由於奪得金探子往往能使一場比賽扭轉乾坤，搜捕手便肩負了興亡成敗的重責大任，而這也使得他們最容易受到敵隊的卑劣手段攻擊。球場上飛行技巧最好的，向來就是搜捕手，而這往往使得他們成為眾人注目的焦點，但也

因爲這樣，他們往往傷亡最慘重。在布魯特斯・史克林哲的《打擊手寶典》當中，提到的首要規則便是『先幹掉搜捕手』。

☩ 比賽規則 ☩

下列的規則是由『魔法遊戲與運動部』，於一七五〇年成立時所制定的：

一、雖然說在比賽當中，對於球員的飛行高度並未加以限制，球員卻嚴禁飛出球場邊界。一旦球員出界，該隊便必須將快浮交給敵隊。

二、每個球隊的隊長得以向裁判打手勢，要求『比賽暫停』。比賽當中，球員的雙腳只有這個時候才准著地。若是比賽已超過十二小時，暫停時間便得以延到兩小時。若球隊未能在兩小時之內回到球場，得撤銷該隊的比賽資格。

三、裁判有宣判罰球的權力。負責罰球的追蹤手需從中心圓區飛至得分禁區。罰球之時，除了敵隊的看守手之外，其餘球員均必須退到後方。

四、可以從其他球員手中搶走快浮，但是不管在任何

情形下，球員都不允許抓住其他球員的身體。

　　五、若是有球員受傷，則不得予以替換。球隊將在缺少該名受傷球員的情況下繼續比賽。

　　六、魔杖得以攜至球場（註1），但是不管在任何情形下，都禁止使用在敵隊球員、敵對球員的掃帚、裁判、任何的球、或是任何觀眾身上。

　　七、只有在金探子被捉到，或是兩隊隊長取得共識時，該場魁地奇比賽才得以宣告結束。

犯規

　　規定當然就是要『訂來打破的』。『魔法遊戲與運動部』的檔案中條列了七百多項魁地奇犯規紀錄，全部都是在一四七三年首屆世界杯的決賽當中所犯下的。不過，這份犯規紀錄卻從未完整地公諸於世。運動部認為，一旦公佈之後，巫師、女巫們將會從中『獲得靈感』。

　　我在為這本書做調查時，有幸能透過管道翻閱這些犯規的資料，我可以證實，公布這些資料並不會為社會大眾

【註1】：隨身攜帶魔杖的權利，是巫師國際聯邦於一六九二年制定的，當時麻瓜迫害達到了最高峰，巫師們因而打算銷聲匿跡。

帶來任何好處。何況,只要使用魔杖的禁令沒有解除(這項禁令是在一五三八年頒布的),有九成列舉出的犯規項目,其實都無法辦到。而在剩下的一成當中,我敢說其中有大部分,是就連最齷齪的球員都想不到的;比方說,『放火燒對手的掃帚尾巴』、『拿棍棒打對手的掃把』、『拿斧頭砍對手』。這並不是說,當今的魁地奇球員就從不犯規。以下列舉了十項常見的犯規方式。每個正式的魁地奇專有名詞都列在第一欄。

名稱	適用對象	解說
Blagging（拖拉）	所有球員	抓住對手掃帚尾巴,藉以拖延或阻擾
Blatching（衝撞）	所有球員	飛行時蓄意碰撞
Blurting（鎖帚）	所有球員	鎖住掃帚的把手,迫使對手偏離航線
Bumphing（出場球）	只適用打擊手	將搏格擊向觀眾,趁工作人員趕去保護旁觀者之機會,迫使比賽中斷。有時這是為了不擇手段阻止敵隊追蹤手得分
Cobbing（肘撞）	所有球員	過度用手肘推擠對手
Flacking（穿籃）	只適用看守手	將身體任何部位伸過得分

45

		籃框，將快浮打出去。看守手應當在籃框的前方防守，而非後方
Haversacking（灌籃）	只適用追蹤手	當快浮穿越得分籃框時，手仍舊抓著不放（快浮一定得用拋的）
Quafflepocking（快浮打點）	只適用追蹤手	對快浮做手腳，舉例：將球打洞，使得它落下時速度加快，或是變成蛇行方式前進
Snitchnip（金探捏）	除搜捕手外之所有球員	除搜捕手外的任何球員碰觸或捉到金探子
Stooging（包夾）	只適用追蹤手	超過一名的追蹤手進入得分禁區

⟶ 裁判 ⟵

　　魁地奇裁判一度都是由最勇敢的巫師、女巫來擔任。扎恰里亞·孟普告訴我們，在一三五七年，諾佛克郡當地巫師所舉辦的一場友誼賽中，就死了一位叫塞普林·虞朵的裁判。下詛咒的元兇事後一直沒被抓到，但一般認為是其中一位觀眾。

　　雖然說，此後一直沒傳出任何證據確鑿的裁判謀害事

件，在這幾個世紀以來，卻發生了好幾起掃帚被動手腳的案例，當中最危險的要屬將裁判的掃帚變成『港口鑰』，如此一來，裁判就會在比賽打到一半時突然被吸走，過了幾個月之後，才會在撒哈拉沙漠再度出現。多虧了『魔法遊戲與運動部』針對球員的掃帚頒布了嚴格的安全規範，這類的事件如今已經極為罕見了。

要做個稱職的魁地奇裁判，光是飛行本領高超還不夠，還得要有本事眼觀四路、耳聽八方。十四位球員當中出現了任何疑似犯規的舉動，裁判都必須能立即揪出來，而也因此裁判們最常得的職業病就是脖子扭傷。在職業比賽時，球場邊界四周都會有工作人員幫忙守著，確保不會有球員或球越出邊界。

在英國，魁地奇裁判都是由『魔法遊戲與運動部』挑選出來的。他們必須接受艱難的飛行測驗，以及嚴格的比賽規則筆試，並且透過一連串密集的試煉，證明自己不會對犯規的球員施法或下咒，即使是到了忍無可忍的地步都不行。

第七章
英國及愛爾蘭的
魁地奇球隊

　　魁地奇球賽是絕對不能讓麻瓜發現的，這意味著，『魔法遊戲與運動部』必須對每年比賽的次數加以限制。在業餘比賽方面，只要一切照規則進行，是不加以限制次數的；但職業魁地奇球賽，自一六七四年聯盟成立開始，便在場次上加以管制。當時，便從英國與愛爾蘭挑選出十三支最好的球隊，組成了聯盟，剩餘的球隊則被要求解散。這十三支球隊從此便每年爭奪著聯盟獎盃。

⚡Appleby Arrows⚡

　　這支英格蘭北部的球隊是於一六一二年成立的。它的隊袍是淡藍色，上頭繡有一支銀色的箭。Appleby Arrows（蘋果地神箭隊）的球迷們都認同，該隊最輝煌的時刻是在一九三二年，擊敗了當時的歐洲冠軍，Vratsa Vultures

（夫拉扎禿鷹隊），該場比賽在濃霧及陰雨中纏鬥了足足有十六天。該隊球迷有個多年的習俗，每當追蹤手得分時，他們就用魔杖朝空中發箭，而這在一八九四年被『魔法遊戲與運動部』給禁止了，原因是當時有一支箭射穿了裁判納眞·帕茲的鼻子。神箭隊多年來一直有一個死對頭，那就是溫伯黃蜂隊（參照下面的介紹）。

⊹ Ballycastle Bats ⊹

這支愛爾蘭北部最著名的魁地奇球隊，至今已贏過二十七次的魁地奇聯盟盃，這使得它成爲聯盟史上第二出色的球隊。 Ballycastle Bats （巴利堡蝙蝠隊）隊袍是黑色的，胸前繡隻猩紅色的蝙蝠。他們著名的吉祥物『水果蝙蝠巴尼』是家喻戶曉的奶油啤酒廣告明星。（巴尼說：我眞是愛死奶油啤酒了！）

⊹ Caerphilly Catapults ⊹

威爾斯的 Caerphilly Catapults （卡菲利彈弓隊）成立於一四○二年，隊袍的樣式是淺綠鮮紅直條。他們的紀錄極爲輝煌，包括有十八次的聯盟盃冠軍，以及在一九五六年歐洲盃極爲著名的一次大勝，當時他們打敗了挪威的卡

拉斯約克風箏隊。該隊最知名的球員『煞星』戴‧路威林，當年在希臘的密寇諾這個地方度假時，不幸被獅面龍尾羊吃掉了。消息傳回威爾斯，全境的巫師、女巫都為他默哀一日。如今每季球賽結束時，凡在比賽中有過精彩搏命演出的球員，都授以『煞星戴紀念獎章』。

⊹ Chudley Cannons ⊹

很多人都認為，Chudley Cannons（查德利砲彈隊）的顛峰期已經過了，但是他們死忠的球迷們卻仍期待著，有一天他們會重新崛起。砲彈隊贏過二十一次的聯盟盃冠軍，但他們上一回拿冠軍，已經是一八九二年的事；而且自上個世紀以來，該球隊的表現只能稱為乏善可陳。Chudley Cannons 的隊袍是鮮橘色，上頭繡著一顆飛馳的砲彈，以及兩個黑色的字母『C』。在一九七二年，球隊修改了他們的座右銘，從『雄霸四方』換成了『讓我們向天祈禱，保佑一切順利』。

⊹ Falmouth Falcons ⊹

Falmouth Falcons（范爾口獵鷹隊）隊袍是深灰純白

相間，胸前繡了個獵鷹的頭。獵鷹隊向來以驍勇善戰聞名，而這項威名特別是讓他們兩位打擊手打響的，那就是大名鼎鼎的凱文及卡爾‧博姆爾。兩人在隊的時間是一九五八年至一九六九年，期間由於屢次胡打亂鬧，曾被『魔法遊戲與運動部』禁賽不下十四次。球隊座右銘：『讓我們打贏這場仗，若是贏不了，就讓我們打破幾個頭。』

⁺ Holyhead Harpies ⁺

Holyhead Harpies（聖顱島女頭鳥隊）是一支年代極為久遠的威爾斯球隊（於一二○三年成立），在全世界的魁地奇球隊中一枝獨秀，因為該隊球員向來都只派用女巫。女頭鳥隊的隊袍是深綠色，胸前繡著隻金色的鳥爪。女頭鳥隊於一九五三年擊敗了 Heidelberg Harriers（海德堡獵犬隊）；該場比賽被公認是有史以來最精彩的球賽之一。整整打了七天，到最後終於由女頭鳥隊搜捕手葛莉妮絲‧葛瑞菲絲漂亮地奪得金探子。當時還傳出一段佳話，那就是在比賽結束時，獵犬隊隊長魯道夫‧布蘭德一下了掃帚，即向他的敵手葛多琳‧摩根求婚。摩根隨即抄起她的狂風五號，將布蘭德打成腦震盪。

✦ Kenmare Kestrels ✦

Kenmare Kestrels（坎梅爾茶隼隊）這支愛爾蘭球隊是於一二九一年成立的。每逢出賽，該隊的吉祥物矮妖都有精彩的表演，而球迷們則是以豎琴伴奏，這使得該隊在全世界都極受歡迎。茶隼隊隊袍是翡翠綠色，前胸後背上各繡著個黃色的字母『K』。茶隼隊一九四七到一九六○年的看守手戴倫‧歐哈若，曾三度擔任過愛爾蘭國家代表隊的隊長，且為『追蹤手之鷹首開雲陣』的創始人（參照第十章）。

✦ Montrose Magpies ✦

Montrose Magpies（蒙綽斯喜鵲隊）是大英及愛爾蘭聯盟球史上戰績最傲人的隊伍，奪過三十二回冠軍。他們抱走過兩回歐洲盃的獎盃，在全球都擁有眾多球迷。該隊出過許多傑出的球員，包括有搜捕手尤尼斯‧穆瑞（於一九四二年逝世）。穆瑞曾提出請願，希望能『換一個快一點的金探子，因為現在這個實在是太好抓了』。其他的好手還包括了漢米許‧邁克法蘭（一九五七到一九六八年的隊長），在結束了他輝煌的魁地奇生涯後，轉戰政界，當上了『魔法遊戲與運動部』的部長，同樣幹得有聲有色。

喜鵲隊的隊袍是黑白相間，胸前背後各繡著一隻喜鵲。

⊹ Pride of Portree ⊹

Pride of Portree（波樹之光隊）來自史蓋島，於一二九二年在當地成立。該隊球迷給他們取了暱稱，叫『榮光者』。隊袍是深紫色，胸前繡了個金色星星。該隊最知名的追蹤手凱翠歐娜‧邁寇麥克，曾在一九六○年代兩度領軍拿下聯盟冠軍，並且代表蘇格蘭比賽過三十六回。她的女兒梅根目前是該隊的看守手。（而她的兒子克利則是流行巫師樂團『怪姊妹』的主吉他手。）

⊹ Puddlemere United ⊹

Puddlemere United（泥水池聯隊）成立於一一六三年，是聯盟中歷史最悠久的隊伍。Puddlemere United 拿過二十二回的聯盟盃冠軍，以及打贏過兩回的歐洲盃。該隊的隊歌『把那些搏格打回去，夥伴們，再把那顆快浮給丟出去』。最近由歌唱魔法師瑟莉堤娜‧華蓓灌錄成唱片專輯，爲『聖蒙哥魔法疾病傷害醫院』大力籌募基金。Puddlemere United 的隊袍是海軍藍，繡有該隊隊徽：兩株交叉的金色蘆葦。

⇥ Tutshill Tornados ↤

Tutshill Tornados（特茲丘龍捲風隊）的隊袍是天藍色，前胸後背各繡了個字母『T』。該隊成立於一五二〇年，全盛時期是在二十世紀初期，當時由搜捕手羅德里克・普倫頓領軍，一連奪下了五屆的冠軍寶座，創下英國及愛爾蘭的紀錄。羅德里克・普倫頓曾經二十二度擔任英格蘭代表隊的搜捕手，並且是英國金探子最快捕捉紀錄的保持人（三秒半，一九二一年對『卡菲利彈弓隊』的比賽）。

⇥ Wigtown Wanderers ↤

Wigtown Wanderers（維格城流浪者隊）這支球隊是於一四二二年，由一名魔法屠夫華特・帕金的七名子女所成立的。當年這支由四兄弟三姊姊組成的球隊，不論各方面都令對手膽戰心驚。據傳，部分是因為當比賽之時，華特都會親自站在邊界旁壓陣，一手拿魔杖，一手拿菜刀，往往把敵隊嚇得屁滾尿流。幾世紀以來，維格城隊上通常都會有個一兩名的帕金後裔，為了紀念他們的創隊元老，隊袍的顏色也都染成血紅色，胸前繡著把銀色菜刀。

⇥ Wimbourne Wasps ⇤

Wimbourne Wasps（溫伯黃蜂隊）的隊袍是黃黑橫條，胸前繡了隻黃蜂。黃蜂隊成立於一三一二年，當過十八回的聯盟冠軍，以及兩度打進歐洲盃準決賽。據說他們這隊名的由來，是在十七世紀中葉一場對 Appleby Arrows（蘋果地神箭隊）的比賽時，發生了一樁卑鄙的事件。當時該隊一名打擊手飛過了球場旁的一棵樹，發現了樹叢中躺著個黃蜂窩，就把它打向神箭隊的搜捕手。對方被螫得傷重退場。溫伯隊因此贏得比賽，而此後就採用黃蜂做為該隊的隊徽。黃蜂隊迷（又叫做『螫王』）總會在敵隊追蹤手罰球時大聲嗡嗡叫，藉以擾亂對方。

第八章
魁地奇在世界各地的
散布情形

⚜ 歐洲 ⚜

　　到十四世紀時，魁地奇在愛爾蘭已經發展到一定的水準，就如同扎恰里亞‧孟普關於一三八五年一場比賽的記述中所提到的：『自寇克這個地方來的一隊魔法師，飛到了蘭卡郡來比賽，並且痛宰了地主隊，而也因此激怒了當地居民。愛爾蘭人懂得許多關於快浮的小把戲，都是蘭卡郡從來沒見過的。隨後村民抽出魔杖，開始追他們，嚇得他們趕緊逃命。』

　　許多資料都指出，到了十五世紀初期時，魁地奇已經傳播到了歐洲其他地帶。從挪威詩人『抑揚頓挫英格佛』（Ingolfr the Iambic）在十五世紀初所寫的詩，我們便可得知，挪威很早就傳進了這項運動（會不會就是贏佳‧寧的表弟歐拉夫傳過去的？）：

飛入雲霄，追逐無比刺激

金探在前，狂風直穿髮際

唾手可得，四下驚呼卻起

赫見搏格，當場翻帚落地

　　大約就在同一時期，法國巫師馬克希的劇作『Hélas, Je me suis Transfiguré Les Pieds』（天啊，我把我的腳給變形了）當中，也出現了下列的對白：

青蛙：癩蛤蟆，我今天不能跟你去市場。

癩蛤蟆：可是，青蛙，你叫我一個人怎麼去扛那頭
　　　　母牛呢？

青蛙：癩蛤蟆，你也知道我今天早上要去當看守手。
　　　要是少了我，那要找誰去守快浮呢？

　　第一屆的魁地奇世界盃於一四七三年舉辦，不過參與的全都是歐洲國家。其他遠方的隊伍之所以不克前來，據推測，可能是由於傳送邀請函的貓頭鷹體力不支、或是受邀者不願意長途跋涉，或許根本就是懶得出門。

決賽是由外西凡尼亞以及弗蘭德兩隊對打。這是有史以來最殘暴的一場球賽，而當時所記錄下的犯規手法，有許多都是之前從來沒聽過的——比方說，將追蹤手變成一隻臭鼬；揮舞大刀，想將看守手的腦袋砍下；以及外西凡尼亞隊長所使的，從長袍底下放出百來隻吸血蝙蝠。

自此之後，世界盃每四年便舉行一次，不過一直要等到了十七世紀的中葉，非歐洲的國家才開始加入競逐。歐洲盃則在一六五二年開打，此後每三年舉辦一次。

在歐洲眾多的超強隊伍當中，最知名的要算是保加利亞 **Vratsa Vultures**（夫拉扎禿鷹隊）了。該隊拿過七屆的歐洲盃冠軍，無疑是全世界打得最精彩的球隊之一，同時也是長射（自得分禁區極遠的距離之外射籃）的先驅，並且總是願意給新人機會證明自己的能力。

在法國，**Quiberon Quafflepunchers**（奇貝宏快浮打手隊）是當地聯盟的常勝軍。他們不只是打球時愛現，連隊袍都選的是亮到嚇人的粉紅色。德國的代表是 **Heidelberg Harriers**（海德堡獵犬隊），曾經被愛爾蘭隊隊長戴倫・歐哈若評為『比龍還要兇猛，狡詐更是不在話下』。盧森堡一向是魁地奇的強國，最著名的有 **Bigonville Bombers**（畢貢維轟炸機隊），以進攻策略

聞名，並且總是拿下高分。葡萄牙的 **Braga Broomfleet**
（布拉卡掃帚艦隊）近年來憑藉著他們創始的打擊手鎖定
制度，一舉衝上了頂尖球隊的行列。另外還有波蘭的
Grodzisk Goblins（格洛基斯克妖精隊）；有人認為，該
隊當年的喬瑟夫・隆斯基是世界上頭腦最靈活的搜捕手。

⤙ 澳洲及紐西蘭 ⤚

　　魁地奇是在十七世紀時傳到紐西蘭的，據稱是由一群
歐洲的草藥學家，到那兒做一趟魔法植物蕈類採集之旅
時，傳過去的。

　　據說在辛苦採集了一天的樣本之後，這群巫師、女巫
為了調劑身心，便打起魁地奇來，而當地的魔法居民則饒
有興味地在一旁觀看。紐西蘭魔法部可說是投入了許多時
間金錢，阻止麻瓜們得到當時的一些毛利藝術品，上頭很
清楚地繪出了白人巫師打魁地奇的狀況（這些雕刻及繪
畫，目前都存放在威靈頓的魔法部裏）。

　　一般相信，魁地奇是在十八世紀時傳到澳洲的。澳洲
可以說是打魁地奇的一個理想地方，因為那兒有一望無際
的內地，人煙稀少，很適合建魁地奇球場。

紐澳的球隊總是以速度及耍寶的本事，讓歐洲觀眾驚嘆不已。其中最出色的有 **Moutohora Macaws**（茅特霍拉金剛鸚鵡隊，來自紐西蘭），穿著極為著名的紅黃藍三色隊袍。該隊的吉祥物是隻叫『火花』的鳳凰。

Thundelarra Thunderers（閃電地雷公隊）以及 **Woollongong Warriors**（烏龍宮戰士隊）則是在澳洲聯盟稱霸了大半個世紀。兩隊素來不和的情形，在澳洲魔法社區裏是家喻戶曉，甚至出了這麼一句俏皮話──若是有人吹牛吹到牛皮快破了，你就對他說：『是嗎？那我告訴你，真要是這樣，我就志願去當下一場雷公對戰士的裁判。』

＋ 非洲 ＋

煉金術跟星相學一向是非洲巫師的專長。當初有一批歐洲的巫師、女巫們到非洲大陸向他們求救，可能就在那時將掃帚傳了過去。雖然說普及程度還比不上歐洲，但魁地奇在整個非洲大陸卻已是日益風行。

其中，烏干達這個國家對魁地奇是特別瘋狂。那兒最出名的球隊 **Patonga Proudsticks**（帕東卡光榮巨棒隊）

在一九八六的比賽當中，與蒙綽斯喜鵲隊打成平手，震驚了魁地奇球界。前不久的魁地奇世界盃，烏干達代表隊當中就有六位光榮巨棒隊的隊員，這創下國家代表隊中單一球隊隊員數的紀錄。其他重要的的非洲球隊尚包括了 **Tchamba Charmers**（查巴咒術者隊，來自多哥），該隊精通 **Reverse Pass**（逆向傳球）；**Gimbi Giant-Slayers**（吉比巨人剋星隊，來自衣索比亞），該隊是兩屆非洲聯合盃的冠軍；以及 **Sumbawanga Sunrays**（森巴汪卡日光隊，來自坦尚尼亞），人氣極旺的一支球隊，該隊的飛行表演隊形在全世界都極受歡迎。

⊹ 北美洲 ⊹

魁地奇在十七世紀早期，飄洋過海，傳到了北美大陸，不過發展得卻很慢，因為很不幸地，反巫術的思潮，也在同一時期從歐洲傳了過去。許多巫師殖民者之所以前往新大陸，是希望不受到偏見的侵擾，行事頗為低調，因此在早期對於這項運動的發展都極為限制。

但之後，加拿大卻出了三隊世界頂級的魁地奇球隊：**Moose Jaw Meteorites**（麋鹿下巴殞石隊）、

Haileybury Hammers（海利伯瑞槌頭隊），以及
Stonewall Stormers（石牆怒漢隊）。

在一九七○年代，殞石隊曾一度面臨遭受解散的危機，起因是該隊素喜在打勝仗之後，在臨近城鎮村落上空遶境慶祝，掃帚尾巴還噴放煙火，照得滿天亮閃閃。該隊現在已將這項傳統做了節制，改在每場比賽之後，於球場上空進行，而這也使得殞石隊的比賽成爲了招徠巫師觀光客的節目。

美國則並未像其他國家那樣，出了那麼多的世界級的魁地奇球隊，這是因爲美國有它自己的掃帚運動，叫Quodpot（闊盆）。

Quodpot 是由魁地奇演變而來的，創始人是十八世紀的一位巫師亞伯拉罕‧皮斯古。他本來是從祖國帶了顆快浮過去，打算在那兒組一支魁地奇球隊。結果皮斯古這顆快浮放到行李箱之後，一不小心卻碰到了他魔杖的頭。到最後他終於把球拿出來，開始將它隨意拋著玩，沒想到球卻當場在他面前爆炸了。

皮斯古顯然是很有幽默感的人，馬上就找了一堆皮革做的球來，一一重新製造同樣的效果，很快就把魁地奇拋到腦後，跟他的朋友爲這球重新命名，管它叫『闊球』，

充分利用它會爆炸的特性，發展出了一種新遊戲。

　　Quodpot 的比賽當中，每隊有十一名球員。他們將闊球，也就是修改過的快浮，在隊員之間拋來拋去，試圖在它爆炸之前，將它丟進球場底端的『盆子』。只要闊球在誰的手上爆炸，該名球員就必須下場。當闊球安全地進了『盆子』（其實是一個小釜，裏頭裝了防止闊球爆炸的溶劑）之後，進球的那一隊就加一分，之後便再換一顆新的闊球上場。在歐洲，還是有少部分的人在打 Quodpot（闊盆）球賽，不過魁地奇仍舊是大多數巫師的最愛。

　　雖說 Quodpot 魅力非凡，近來魁地奇在美國仍然逐漸風行起來。最近就有兩支隊伍衝上了國際水準：德州的 **Sweetwater All-Stars**（甜水明星隊），曾於一九九三年對決 **Quiberon Quafflepunchers**（奇貝宏快浮打手隊），驚險纏鬥五日，終於實至名歸地打敗對手；以及麻州的 **Fitchburg Finches**（費屈堡神雀隊），至今已贏過七屆的美國聯盟冠軍，而該隊的搜捕手麥西莫・布蘭可維奇三世，曾擔任過前兩屆世界盃美國隊隊長。

⊹ 南美洲 ⊹

魁地奇在南美各地都很盛行，不過像北美一樣，也得跟 Quodpot（闊盆）競爭就是了。阿根廷以及巴西在上個世紀都曾打入過世界盃的準決賽。南美洲魁地奇最強的國家，無疑是秘魯，被認為將在十年內成為第一個拿下世界盃的拉丁美洲國家。

當初國際聯邦派遣了歐洲的巫師至秘魯觀察毒牙龍（秘魯當地所產的龍）的數量，而一般相信，當地的魔法師就是在這時接觸到魁地奇的。從那以後，當地的巫師居民就深深為魁地奇著迷起來，而該國最著名的球隊 **Tarapoto Treeskimmers**（塔拉波多超低空隊），最近曾到歐洲巡迴表演，頗受好評。

⊹ 亞洲 ⊹

魁地奇在東方一直盛行不起來，原因是許多國家至今仍偏好以飛天魔毯做為交通工具，而飛天掃帚便很稀少。諸如在印度、巴基斯坦、孟加拉、伊朗、蒙古等國，飛天魔毯的交易量都極大，而這些國家的魔法部對魁地奇都抱持懷疑的態度，不過民間的巫師、女巫當中，仍舊找得到

一些魁地奇球迷。

　　日本是這當中的例外。自上個世紀以來，魁地奇的普及率就一直穩定地攀升。日本最堅強的球隊，**Toyohashi Tengu**（豐橋天狗隊），曾於一九九四年與立陶宛的 **Gorodok Gargoyles**（哥洛多克石鬼隊）對決，不幸以些微之差落敗。然而，日本球隊在輸球時有一項傳統，那就是舉行火葬掃帚的儀式，而國際巫師聯邦魁地奇委員會對此頗表不贊同，認為這是將好木材給白白糟蹋了。

第九章
競賽用掃帚的沿革

　　一直到十九世紀初期，魁地奇比賽用掃帚的品質都不一。跟中古時期相較之下，這些掃帚已經有了很大的改進；在一八二〇年，艾略特·史密斯威克發明了『咒語坐墊』，這使得掃帚在舒適性上大大超越了從前（參照圖F）。儘管如此，十九世紀的掃帚一般來說仍無法做高速飛行，而在高度升降方面，往往也極不順手。掃帚通常是由工匠們親手一支支做出來的；雖然說以風格及工藝品的角度來看，它們是極為出色，但在比賽時的表現卻無法跟它們精美的外表相提並論。

　　這時期的代表作是 **Oakshaft 79**（橡木柄七九；如此命名，是因為第一支樣品是於一八七九年造出來的）。這是由住在朴資茅斯的掃帚製造師艾利斯·葛林史東造出來的。『橡木柄』外形極為精美，配有橡木做的粗實把柄，專門為長途飛行設計，能夠抵禦強風。如今橡木柄已是地

位尊崇的古董掃帚，但若騎它來打魁地奇，效果卻奇差無比。由於橡木柄太笨重了，無法在高速時轉彎，這對於那些崇尚靈巧性勝過安全性的人說，根本就是不入流的貨色。不過它在歷史上卻仍佔有一席之地，因為當一九三五年喬昆達・賽克首次飛越大西洋時，騎的就是它。（在那之前，巫師在做這樣的長途旅行時，總是選擇坐船，而不太相信掃帚。現影術用來做超長距離移動時，則是極不可靠的；只有法術高超的巫師才有本事自如地使用它來做跨洲旅行。）

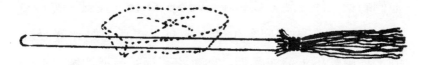

咒語坐墊的功效（隱形的）

【圖 F】

Moontrimmer（綴月號）是由葛雷迪・布斯比於一九〇一年創造出來的，在掃帚結構上做了極大的革新。這些輕巧的梣木柄掃帚曾轟動一時，大家都拿它來做魁地奇掃帚。Moontrimmer 最大的優點在於，它在飛行高度上

大大提升了（並且即使是到了高空，仍舊能控制自如）。問題是，葛雷迪·布斯比生產 Moontrimmer 的速度太慢，根本接不完魁地奇球員們下的訂單。接下來廣受好評的一款掃帚，是 **Silver Arrow**（銀箭號）；這可以眞正稱得上是競賽用掃帚的前身，速度比 Moontrimmer 或橡木柄都要快上許多（順風時可以高達時速七十哩），但同樣的，製造者也只有一位巫師（李歐納·裘克斯），因此也是供不應求。

這情況一直到了一九二六年，巴伯、比爾、巴納比，歐樂頓三兄弟創辦了狂風掃帚公司時，才終於有了突破。他們的第一件成品，**Cleansweep One**（狂風一號），是以前所未有的速度來生產，並且是專爲運動比賽設計的。狂風號馬上造成轟動。從來沒有掃帚有辦法像它這樣地壟斷市場。而不到一年，國內所有的魁地奇球隊便都配備了狂風號。

歐樂頓兄弟並沒獨佔競賽用掃帚市場多久。在一九二九年，第二家的競賽用掃帚公司便由蘭道夫·凱奇以及貝索·霍頓成立了。兩人都是 Falmouth Falcons（范爾口獵鷹隊）的球員。彗星商業公司的第一款掃帚是 **Comet 140**（彗星一百四），在發行前由凱奇和霍頓兩人親自試

用過。它施有獲得專利的『霍頓凱奇煞車咒』，讓魁地奇球員們不再那麼容易將球射過頭，或是在猛衝之下飛偏掉。於是彗星號便取而代之，成為了英國及愛爾蘭球隊的最愛。

狂風及彗星兩個牌子競爭日益激烈。狂風公司於一九三四及一九三七年，相繼推出了改良的狂風二號、三號；而彗星公司也搶在一九三八年推出了彗星一百八。而在這同時，歐洲其他各地，也如雨後春筍般冒出了許多家掃帚製造商。

Tinderblast（火種爆）於一九四○年上市。它是由黑森林的艾勒比暨史普莫公司所出產，是彈性極佳的一款掃帚，但卻始終無法達到像彗星及狂風系列的速度。一九五二年，艾勒比暨史普莫公司又推出了新的型號，叫**Swiftstick**（快帚）。它雖然說速度比 Tinderblast 要快，在爬升時卻容易後繼無力，因此從來未被職業魁地奇球隊採用過。

一九五五年環球掃帚公司推出了 **Shooting Star**（流星號），這是至今價格最低廉的競賽用掃帚。不幸的是，在熱賣一陣子後，大家便發現了流星號的毛病：它用舊之後，速度跟爬升力都會大大減退，而環球公司也在一九七

八年退出了市場。

一九六七年，光輪競賽掃帚公司成立，震驚了整個掃帚界。世人從來就沒見過像 **Nimbus 1000**（光輪一千）這樣的東西。它不只時速高達一百哩，能夠在半空中做定點三百六十度迴旋，還兼具了老式 Oakshaft 79（橡木柄七九）的穩固性，以及頂級狂風號的操作簡便性。光輪號馬上成為了歐洲各地職業魁地奇球隊的最愛，而之後不斷推出了新型號（一千零一、一千五，以及一千七），也使得光輪競賽掃帚公司攀上了業界的頂峰。

Twigger 90（飛枝九○）是在一九九○年開始出產的，原先它的製造商弗萊特暨巴克還寄望著能取代光輪，稱霸市場。但縱使飛枝號在各方面都極為完備，同時還配備許多花稍功能，比如說內建的警訊哨笛和自動取直毛刷，它在達到高速時卻會彎翹起來。因此會去買它的人，都被譏笑為空有滿口袋的金加隆，卻沒大腦。

第十章
今日的魁地奇

　　時至今日，魁地奇球賽仍舊讓全世界的球迷瘋狂著迷不已。如今的球賽標榜著，每一位購票的觀眾，看到的比賽都會是精彩絕倫，球員們的素質也絕對是一流（除非開場不到五分鐘，金探子就被捉到，讓觀眾們有被騙的感覺）。

　　多年來，許多追求登峰造極的巫師、女巫們，不管是為了個人職業生涯也好，或為了球賽本身也好，都努力鑽研著球技，研發出了許多高難度的技法。正是因為增添了這些新技法，使得球賽的可看性越來越高。在此列舉了些較知名的部分。

⁺ Bludger Backbeat ⁺

　　搏格逆擊。是指打擊手以反手揮棒，將搏格擊向後

方，而非前方。相當地難瞄準，但是用來混淆對手，卻極
爲有效。

⊹ Dopplebeater Defence ⊹

雙打擊防禦。就是同時以兩位打擊手去打搏格，以增
加爆發力，讓搏格加倍兇狠地攻擊敵手。

⊹ Double Eight Loop ⊹

雙8字迴旋。這是看守手的防禦法，通常是爲了防守
罰球用。看守手以高速繞著全部三個籃框打轉，以阻止快
浮進籃。

⊹ Hawkshead Attacking Formation ⊹

鷹首開雲陣。是指追蹤手們擺出箭頭的陣式，一齊飛
向球柱。這會帶給敵隊極大的壓迫感，並且能有效地將擋
路的球員逼開。

⊹ Parkin's Pincer ⊹

帕金鉸鉗陣。這是根據 Wigtown Wanderers（維格城
流浪者隊）的創隊始祖所命名的。大家都曉得，當年正是

他們發明了這個陣法。兩名追蹤手分別自兩側包抄敵隊的追蹤手，而第三名則直撲上去。

⇸ Plumpton Pass ⇷

普倫頓兜球式。是指搜索手的技法：看似不經意的迴轉，藉此將金探子兜進袖子裏。

這是根據 Tutshill Tornado（特茲丘龍捲風隊）的搜捕手羅得里克普倫頓所命名的。他於一九二一年的比賽表演出了這著名的一招，以破紀錄的速度奪得金探子。雖然有些球評宣稱，球當時不過是湊巧衝進他懷裏，普倫頓卻至死堅稱，球是他憑眞本事拿下的。

⇸ Porskoff Ploy ⇷

波斯寇夫欺敵術。就是追蹤手帶著快浮沖天，讓敵隊的追蹤手以爲自己是要閃道射籃，接著將快浮丟給在下頭等著的同隊追蹤手。兩人必須搭配得天衣無縫。這是根據俄羅斯的追蹤手佩托洛娃・波斯寇夫所命名的。

⇸ Reverse Pass ⇷

逆向傳球。指追蹤手將快浮拋過肩後，傳給隊友。極

為困難的精準動作。

⊹ Sloth Grip Roll ⊹

樹獺翻勾式。是指整個人倒吊在掃帚上，靠雙手雙腳緊勾著，以閃避搏格。

⊹ Starfish and Stick ⊹

海星黏棍式。是看守手的防禦式；看守手以單手單腳勾住掃帚把柄，整個人呈水平狀，伸展成『大』字型（參照圖 G）。另外，請大家千萬不要嘗試『海星離棍式』。

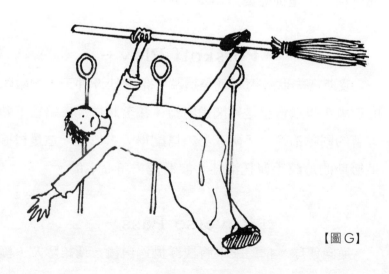

【圖 G】

✧ Transylvanian Tackle ✧

外西凡尼亞摛臂式。這招是於一四七三年的世界盃首度使用，方法是假裝給對方迎面一拳。只要沒有眞的打到，就不算犯規，只不過由於雙方都騎在飛快的掃帚上頭，要及時收手是極爲困難的事。

✧ Woollongong Shimmy ✧

烏龍宮搖擺式。是指在高速飛行下採『Z』字式飛行，藉以擺脫敵隊的追蹤手。這個招式是由澳洲 Woollongong Warriors（烏龍宮戰士隊）發揚光大的。

✧ Wronski Feint ✧

隆斯基詐騙法。就是搜捕手假裝發現了金探子，突然展開俯衝，但在撞上地面前及時拉起。這招是爲了誘騙敵隊的搜捕手跟上來而墜地，是以波蘭的搜補手喬瑟夫・隆斯基所命名的。

毫無疑問的，自當初葛蒂・凱朵於怪地奇沼澤地觀看『那群蠢蛋』到現在，魁地奇已經整個脫胎換骨。假使她是生在今天的話，說不定也會爲魁地奇的力與美深深著迷。但願這項運動能繼續發揚光大，也但願世世代代的巫師、女巫們都能夠享受這項最美好的運動！

跋
關於 Comic Relief 基金會

　　『Comic Relief』基金會是英國最著名、最成功的慈善機構之一。自一九八五年起，該機構已募集了總計一億七千四百多萬英鎊的款額，並捐助了紅十字會、牛津飢餓基金會（Oxfam）、盲胞救助基金會（Sight Savers）、國際愛滋聯盟（International HIV/AIDS Alliance），以及國際反奴役基金會（Anti-Slavery International）等慈善團體。而《哈利波特》系列的出現，則爲『Comic Relief』基金會帶來了新的契機，讓它能幫助更多不幸的人們。我們爲此特別設立了一項『哈利圖書基金』，統籌《穿越歷史的魁地奇》以及《怪獸與牠們的產地》兩本書的所得，以捐助全世界各種兒童公益活動。每賣出一本，就多做了椿善事！因爲新台幣十七元就能送一個孩子上一星期的學——而這將永遠改變他或她的一生。

　　請各位上 www.comicrelief.com/harrysbooks 網站，看看各位購買這些書的款項，是拿去做了哪些善事。這筆『哈利圖書基金』，將會用來資助孩童們的教育、反兒童奴役活動，以及幫助那些被戰火拆散的親子重新團聚。另

外，這筆基金還會用來做愛滋病防治的宣導，以及救助那些遭地雷炸傷的兒童們。

『Comic Relief』基金會最了不起的一點，就是它所有的花費都是經由贊助而來，因此它並不會拿社會大眾的捐款來給付行政支出。而這意味著，由於省下了大筆的行政經費，它能夠運用在慈善救助上的款額，也就相對地大幅倍增了。

撰寫《穿越歷史的魁地奇》以及《怪獸與牠們的產地》，一直是我多年來私底下的一個心願，而正好『Comic Relief』基金會的理察‧寇帝斯寫了封信給我，於是我便把握了這難得的機會，對這個我一向都很支持的慈善團體，提供了一點幫助。所有參與這兩本書發行的人，包括出版社、書商、書店，都慷慨解囊，捐出了這兩本書的大部分所得，為『Comic Relief』基金會的『哈利圖書基金』帶來了莫大的貢獻。

感謝各位購買這本書！

J.K.羅琳

國家圖書館出版品預行編目資料

穿越歷史的魁地奇／J.K.羅琳著；雷藍多譯─初
版.─臺北市：皇冠，2001【民90】
面； 公分.─(皇冠叢書；第3142種)
譯自：QUIDDITCH THROUGH THE AGES
ISBN 957-33-1826-1(平裝)

873.57 90015575

皇冠叢書第3142種

穿越歷史的魁地奇
QUIDDITCH THROUGH THE AGES

作　者─J.K. ROWLING　　譯　者─雷藍多
發　行　人─平鑫濤
出版發行─皇冠文化出版有限公司
　　　　　台北市敦化北路120巷50號　　電話◎2716-8888
　　　　　郵撥帳號◎1526151~6號
香港星馬─皇冠出版社(香港)有限公司
總　代　理　香港灣仔告士打道80號16樓
　　　　　電話◎2529-1778　　傳真◎2527-0904
出版統籌─盧春旭　　　　英文選書─余國芳
編務統籌─孟繁珍　　　　版權負責─莊靜君
校　　對─鮑秀珍‧蔡曉玲‧孟繁珍‧彭倩文
美術設計─王瓊瑤　　　　印　務─張芸嘉‧林佳燕
行銷企劃─林民宜
著作完成日期─2001年
初版一刷日期─2001年9月20日

法律顧問─蕭雄淋律師、王惠光律師
有著作權、翻印必究
如有破損或裝訂錯誤，請寄回本社更換
讀者服務傳真專線◎02-27150507
皇冠文化集團網址◎http://www.crown.com.tw
電腦編號◎404004　　　◎ISBN 957-33-1826-1
Printed in Taiwan
本書定價◎新台幣120元／港幣40元／14銀西可3青銅納特

哈利波特中文官方網址◎http://www.crown.com.tw/harrypotter